句集

花海棠

中路哲郎

文學の森

序

「阿蘇」主宰・岩岡中正

このたび中路哲郎さんが第一句集『花海棠』を出版される。心から御祝いを申し上げたい。「阿蘇」誌に属し、句歴は二十年。現在九十二歳だから七十代の前半から俳句を始められたことになるが、最初から完成度の高い句を作ってこられた。今回の句を拝見すると、これまで教師として学んでこられた生涯を反映して、どの句も着実な写生と穏やかな眼差にあふれている。そのゆとりある人柄と生活と俳句が、みごとな三位一体となってこの句集に結実したという気がする。この句集の第一の特徴は、以下のように、その写生の確かさにある。

大岩を抱き止めてゐる冬の山
覗き見る銚子の底の寒さかな
乾坤の芯まで濡らし慈雨到る
香水のピアニッシモとすれ違ふ
柿の葉の柿の色して落ちてゐし

萩咲いて日本の庭となりにけり

以上、一寸あげただけでも、この句集の写生句の確かさと多様性が分かる。「大岩」の句の力強さは作者の並々ならぬ写生の力を、「覗き見る」の句と「乾坤の」の句は凝視と写生の深さを示す。他方、「香水」の句は繊細で直感的な写生で、「柿の葉」の句は何でもない景にふと心を動かした作者の平常心の写生である。さらに「萩咲いて」の句は、平明で、いかにも心豊かな一句であり、作者の大らかな人柄を示す写生句である。

こうした写生の多様性に加えて、本書の第二の特徴は、その人柄から来る率直さにある。

春風に手紙書きたくなりにけり

オペ近し慈悲心鳥に縋らばや

すててこで宅配便を受取りぬ

「春風」の句の正直さは誰からも共感を得るだろうし、「オペ近し」の句は「慈悲心鳥」の一語を得て切々たる一句となった。また「すててこ」の句には、率直さと少しの含羞があって楽しい。

さらに全体を読んでいくと、この作者が蓄積した人生経験や知恵、およびそこから生まれるゆとりやユーモアが見えてくる。この人生全体から滲み出る、ものの見方、知性、ゆとりが、本句集の第三の特徴である。

梨を剝く円周率の長きこと

分別の末の決断残る鴨

折からの雨にをさまる水喧嘩

「梨を剝く」の句の巧みさ楽しさは、抜群。クルクルと梨を剝けば長々と皮が垂れてゆく。その瞬間「円周率」を連想した作者の遊び心には、脱帽。「分別の」の句も、決断のつかない鴨になりかわってみる楽しさ、あるいは真剣さ。思えば、人生もまた、「決断」の連続。これも作者の深い経験知から生まれた句である。「折からの」の句も、これと同様。やはり作者のような穏やかな長者でなくてはできない句で、世間とはこんなものだと教えてくれているようである。

こうして本句集は、豊かな人生経験とたしかな写生眼が光っている句集である。最後に、その他の私が好きな味わい深い句をいくつか紹介したい。

子を送る機影の上を雁渡る
かなかなの玄関に来て鳴く夕
命綱つけて草引く武者返し
野生馬のまつげに消ゆる春の雪
大阿蘇の地熱に生れし蕨かな

山と積む肥後の銘酒の初荷かな
鞍馬より馬を走らせ花便り
大空に黒点となり囀れる
風に揺れ胎動にゆれ蝌蚪の紐

最後に、これからも益々健康に自適の日々を重ねつつ、さらに句境を深めていかれることをお祈りして、つたない「序」に代えたい。

平成二十八年三月

句集　花海棠／目次

装丁　三宅政吉

句集 花海棠

はなかいどう

道をしへ

平成十年〜十六年

水色の金平糖や犬ふぐり

小綬鶏の声運びくる春の風

お日様が好きと満開チューリップ

さくらんぼふふむ少女のゑくぼかな

開かんと揺れ始めたる女王花
匂ふともなき香水とすれ違ふ

蛍火の消えしあたりにまた点る
少しづつ変はる古里道をしへ

水澄めば十の魚に十の影
我が庭もよしと思ふ日石蕗の花

茶の花や紅緒のかつこ洗ひ干す

冬耕の山畑早も日の陰る

冬帝の威光はや地に堕つるころ
新しき靴に下萌やはらかに

天までは届かぬ凧の糸なりし

潮騒を遠くに花野風立ちぬ

子を送る機影の上を雁渡る

神幸の人馬を濡らす初時雨

鵙の贄天を睨みて果ててをり

秋天の下に肥薩の沃野かな

七曲り下りし宿の零余子飯

先輩の茸識別おぼつかな

蹲に落つる水音秋の声

棚田守る村人ありて冬ぬくし

大岩を抱き止めてゐる冬の山

悔いもなく大望もなく去年今年

学園のポプラの上の春の雪

初蝶の渡りおほせし峡の橋

初蝶を水の光に見失ふ

古戦場過ぐる夜汽車の虫しぐれ

揺れゆれて花になりゆく萩の枝

鮟鱇を睨み返して過ぐる河岸

落人の里の藁屋根柿落葉

北風にペダルの重し家遠し

托鉢の僧突つ立てる町師走

勅題を先づ朗々と謡初

的中の声高々と弓始

一片の雲の明るさ春隣

ロバのパン蹄の音も春隣
豆飯のここ一番の塩加減

寝落ちても佐久の草笛なつかしや

麦扱の音単調に昼下り

香水のピアニッシモとすれ違ふ

校門をくぐる日傘や参観日

籠の鳥口あけてゐる暑さかな

法師蟬心もとなき鳴きをさめ

一株のありて我家も萩の宿

旅装解くあがりがまちの夕時雨

野仏の頬はや陰る日短

庇打つ冬の雨とはなりにけり

纜を解いて春愁乗せてゆく

ビーズ玉ほどの気がかり春愁に

春愁のまた春愁を呼ぶ夕

海棠の紅のつぼみに宿る雨

石楠花の盛り過ぎたる尼の寺

園長の守るアンネのばら一株

黄昏の新樹の宿につきにけり

人が押す回り舞台や夏芝居

橋桁も洗ふ濁流男梅雨

夕凪やそよりともせぬ肥後平野

折からの雨にをさまる水喧嘩
いざよひて岸を離るる精霊舟

今日中に着けばよい宿山笑ふ

夏瘦せの少女もともと細面

空蟬の眼に愁ひありにけり

泣きに来し旅にはあらず風の盆

かなかなの玄関に来て鳴く夕
柿の葉の柿の色して落ちてゐし

舟唄も遠きボルガの鰯雲

小春日や膝に子猫と毛糸玉

夕風に気のつくまでの日向ぼこ

園丁のあくびに河馬の水ぬるむ

ノックして雛の部屋に入りけり

花菖蒲池の隅より昏れそめぬ

棚田より流れ下りくる田植唄

お似合ひと褒められて買ふ夏帽子

命綱つけて草引く武者返し

山門をくぐる尼僧の汗を拭く

句碑ありて水ありて飛ぶ赤とんぼ

谷川の音の染めたる初紅葉

恋猫

平成十七年〜二十年

行平に緑あざやかななづな粥

冬木の芽見付けて心豊かな日

お師匠のこの日は優し針供養

蛇穴を出でて大気を舐めにけり

花のもと呼びとめられて客となる

さしかくる妻の日傘の影に入る

蛇の衣瞼うるみて脱けてゐし

朝顔の群青が好き紺が好き

空の崖踏み外してや流れ星

気がつけば鳴き代りゐし法師蟬

花火消え闇にうつろの残りけり

波のごと八尾の胡弓の風の盆

鉾杉の梢しづかに霧晴るる

ゐぐ味とふ捨て難き味零余子飯

錦鯉あそばせてゐる秋の水

萩咲いて日本の庭となりにけり

一枚の湖に浮べて鳰の声

柴折戸の開きてをりし菊の庭

手袋を戴きし日の遥かかな
笹鳴の幸せ連れて来る予感

寒雷の大きく小さく夢うつつ

硝子戸を拭きて終りぬ煤払

マネキンの胸ふくよかに春近し

日記帳栞はさめば春近し

ささめごと聞こえて来さう雛の部屋
啓蟄のたはむれか今朝弱きなゐ

蜊蚪の紐手品のごとく操る子
明け方の浅き眠りをほととぎす

オペ近し慈悲心鳥に縋らばや

大空の一角が裂け落雷す

七夕の逢瀬に明る過ぎる夜
斑猫の教へし道は遠回り

群れ飛びてはたと消えけり赤とんぼ

大地にも空にも肥後の残暑かな

黄昏るる雲にも残暑ありにけり

新米の真珠の粒に炊き上る

讃美歌の祈りの丘の帰り花

雨音とまがふ落葉の山の宿

鮟鱇の涎も味のうちならん
阿蘇の雪載せてホームに入る列車

晩酌もいつもの通り春の風邪

恋猫の身も世も捨てしやつれやう

春風に手紙書きたくなりにけり

野生馬のまつげに消ゆる春の雪

大阿蘇の地熱に生れし蕨かな

万葉の古しのびわらび摘む

早蕨の幼なの手よりなほ柔く
春愁のフラミンゴにもある風情

水の香に誘はれて来しあめんぼう
さざめきも吸ひ込まれゆく五月闇

生ビール中ジョッキより始めけり

青柿の夭折といふ転げやう

手弱女の切り兼ねてゐる南瓜かな

ゆつくりと夢のつづきを見る夜長

武時の菊人形に空晴るる

剣豪の籠りし山の初紅葉

もてなしもさることながら萩の宿

寄せて来る落葉の中のベンチかな

弥陀仏の御手に安らぐ小春かな

褒め合うて笑ひこぼるる初句会

辛うじて大寒といふ関所越え
灯ともせば雛まぶしげにまばたきぬ

暗くとも雛の部屋の暖かし

眉山のまゆ美しく山笑ふ

離陸待つ春一番のエアポート

風に揺れ胎動にゆれ蝌蚪の紐

花屑を背鰭にのせて泳ぐ鯉

風に乗る草笛近くまたとほく

眠たげに風に吹かるる胡蝶かな

早乙女に一荷の昼餉届けられ

早乙女の棚田の畔の昼餉かな

斑猫と停留所にて別れけり

抽斗の言ふこと聞かぬ梅雨じめり

すかんぽのドレミファ空に背伸びする

刈干の草にもぐりて草泊り
思ひ出を踏みしめて行く花野かな

君と行く野守の影もなき花野

天高し上昇気流つかむ鷹

三更の月に寝姿見られゐし
唇にしびれもなくて昨夜の茸

横向きにまた下向きにお茶の花

飴色に仕上り近き吊し柿

笹鳴の小さき影の右ひだり

鮭五郎

平成二十一年～二十四年

山と積む肥後の銘酒の初荷かな

第九聞き第五に酔ひて去年今年

箸紙を開き一句を認める

読初は十八史略赤壁賦

床屋にてもらひし春の風邪ならむ

春雷に途切れし夢の美しく

春の鹿夜もすがら聞く奈良の宿

鮭五郎恋のジャンプは泥まみれ

春愁のもとは風かも水音かも

春愁の昨日和らぎ今日暮る

鞍馬より馬を走らせ花便り

花守と話はづみて小半日

読書にもほとほと倦みて花の雨

老医師の処方にげんのしようこかな

船の来ぬ古き港や花樗

中空に一尾の躍る囮鮎

お隣の俎板の音胡瓜もみ
腑に落ちしあとも冷たき冷酒かな

首振れば腰まで動く扇風機

眼まで空蝉となりおほせけり

手花火の灼熱の玉落ちんとす

木洩れ日に光りつつ湧く清水かな

訪れし新涼といふお客さま
桔梗咲いて雅の庭となりにけり

池に落つ水の音にも秋立ちぬ

この畑の主に似てゐる案山子かな

遠ざかる列車の尾灯初時雨

追つかけて追つかけられて十二月

猿回す男がよほど回されて

子は親を親は子を呼び浜千鳥

初笑ひ笑ひ上戸が一人ゐて

咳き込んでまた盛り返す初笑ひ

初夢に見果てぬ夢を託しけり
覗き見る銚子の底の寒さかな

波立ちて一瞬蝌蚪を見失ふ

引鴨の力ととのふ羽根の色

春の土浄土の匂ひ運びくる

東海の蟹も涙す啄木忌

一つ鳴いて大合唱となる蛙

我が鼻を抓みしは誰そ五月闇

中空を水色に染め花樗

巣を立ちし雀の嘴のまだ黄色

すててこで宅配便を受取りぬ
金亀虫金蔵の鍵貸し給へ

渋団扇胸に落として眠りけり

焼酎をあふりて馬車の家路かな

炎帝の容赦なき鞭いつまでも

稲妻のまつ直ぐ落ちし日本海

寝ねてなほ耳朶に胡弓の風の盆

朝顔のこはれんとして開きけり

放牛の背の横文字に花野行く

石たたく音は聞こえず黄鶺鴒

相討たん川中島は霧の中
器量よき江津の水辺の石たたき

口紅の少し濃い過ぎ案山子かな

選ばれし火焚き乙女に阿蘇しまく

尾を少し焦がし出て来しかまど猫

高度二千沖縄便に日脚伸ぶ

着ぶくれてよいこらしよつと立ち上る

予報士の顔も綻ぶ春立つ日

矢の如き帰心起こりて鳥帰る

日本に生まれし幸や桜餅

茶店には看板娘さくら餅

遠足の一隊止まる交差点

上りつめ尺蠖虫の枝となる
名優は逝きてかへらず鳥帰る

徐州へと軍靴の響き麦畑

泥んこもものかは恋の鮭五郎

南天の花に重たく注ぐ雨
球場に広ぐるシート大夕立

 鮭五郎

蟷螂の二天一流隙もなし

酔芙蓉われより早く酩酊す

潮騒のかき消してゐる踊唄

露けしや菊人形の袖ヶ浦

梨を剝く円周率の長きこと

トンネルを抜ければ雪の越の国

蕗のたう越後の酒も届きけり

蕗のたう刻めば母の声のする

すりこぎでつぶす蓬の深みどり

初蝶の赤信号で渡りけり

水に映え水に砕けて蛍かな

源氏方やや優勢に蛍舞ふ

親戚は少しあるらし蝸牛

日輪の健在なりし梅雨晴間

山小屋のランプ薄れて明易し

乾坤の芯まで濡らし慈雨到る

お土産に水引草の紅添へて
少年の眼に宝石のやんま飛ぶ

稲妻に浮かびあがりし佐渡ヶ島

鉦の音の冴えて更けゆく地蔵盆

瞑想が居眠りとなる日向ぼこ

黄昏を引留めてゐる石蕗の花

鬼やんま

平成二十五年〜二十八年

美酒の香を残して行きし初荷かな

笹鳴や我にもありし変声期

耐へること教へてくれし冬木の芽

浮世絵の白きうなじや春の風邪

初蝶の窓を過りし刹那かな

大空に黒点となり囀れる

サーカスのじんたに春の愁ひあり
抛り上げて軒にをさまる菖蒲かな

一村を黄金に染めて麦の秋

夕凪の中に静もる肥後平野

かんかん帽かかむりし若き日もありき

草臥れて車で帰る祭馬

少年の仰ぐ大空鬼やんま

プレートの上の日本震災忌

我を待つ人ありさうな花野かな

来し方もまた行く先も花野かな

火の山の花野に抱かれ草泊り

黄昏れて今一鍬と冬耕す

初雪の含羞むやうに降つてゐし

尉鶲家紋は織田か徳川か

初蝶の夢見るやうに飛んで来し

レガッタに紳士も混じる春の水

キャンパスに放歌高吟卒業す

花冷に四十八瀬を下る舟

もぐり込む煎餅布団春寒し

分別の末の決断残る鴨

南天の花の白さよか弱さよ

鶺鴒の大事ありげに走りけり

柿の木を雁字搦めに凌霄花

逆らひて流れに止まる水澄まし

片方はお伽の国へ二重虹

遠山を招き寄せたる夕立かな

華やぎの踊の中の憂ひかな

女郎花手折る向うに阿蘇五岳

里山にかんざしほどの初紅葉

しんがりを走りし記憶運動会

富士を見て丸子《まりこ》の宿のとろろ汁

眦を決して凜々し菊人形

子の電話受けて進むる冬支度

凍鶴の動かねばまた気になりて

雪山の鋭く光る日の角度
降りしきる雪より多き雪の季語

若布汁すすれば遠き波の音

有明の遠浅が好き鮭五郎

早春の丘に流るる寮歌かな

田楽の味噌がこぼるる灰の上

噴煙を眺めつつ摘む野蒜かな

落花霏々ああ玉杯に二三片

阿蘇路来て再び花の人となる

君の住む山の彼方に春の雷

南海の黒潮の色初鰹

灘酒に肴は土佐の初鰹

風鈴の南部恋しと鳴る夕
放牛の睫濡らして夏の雨

豆腐屋の喇叭に覚むる昼寝かな

夕凪にはたと止まりし思考力

マンションの十三階に青田風

夢にまで色とりどりの花野かな

潮騒に誘はれて来し花野かな

放牛の疎らになりし花野行く

父母の恋しこひしと法師蟬

秋風のノックしてゐる勝手口

落花生三角袋村芝居

落花生囓りつつ見し村芝居

音たてて谷へ落ちゆく零余子かな

人の住む証しや阿蘇路柿吊す

舞ひ立ちて帰る燕となりにけり
ひゆうと泣き石焼藷の遠ざかる

勝馬に人参の賞与へけり

凍蝶に触るれば命蘇り

柚子風呂の柚子のふやけて浮き沈み

飛行機の窓より拝む初日の出

暮れ易し高度二千を飛ぶ機影

初笑ひ顎の骨の外れさう

小さき歯を見せて曾孫の初笑ひ

簪の揺れて投扇興の舞ふ

スケーター青きドナウの波に乗る

逞しき命の息吹冬木の芽

句集　花海棠　畢

あとがき

　このたび思いがけなく句集を出す運びとなり、我ながら驚いていま
す。
　そもそも俳句を始めましてから、二十余年の月日が経っているよう
です。
　日々の句作、寝床に就いてから眠るまでの数分間……句作の貴重な
時間帯です。枕元にペンとノートを置いていますが、あまり役に立っ
ていないようです。
　句作は、淋しい時、孤独を感じる時の良き友になっています。
　此の度句集を出すに当たりましては、「阿蘇」主宰の岩岡中正先生

より上身に余る御序文を頂戴し、厚く御礼を申しあげます。ありがとうございます。また西美愛子先生には、「杏句会」に於て長年に亘り御指導頂き、心より感謝致しております。

謡曲、写真、油絵、俳画等趣味もいろいろかじって参りましたが、途中下車したものばかりで、今回の発刊が一つの区切りになったと、喜び、感謝しています。拙い句の行列ですが、何卒、御笑覧くださいませ。

今後とも、皆様の御指導のほど、お願い申しあげます。

平成二十八年四月

中路哲郎

追　記

四月十四日の熊本地震は、無気味な地鳴りと、突き上げる揺れ、生きた心地はしませんでした。公園には、シートを敷いて仮眠を取っている数組の人たちがいました。私も落下物の危険のない所に車を止めて、車中泊をしましたが、眠れるものではありませんでした。五時過ぎに明るくなってくる空に安堵するような状況でした。十六日も家の近くで車中泊、精神的にもかなりのダメージを受けました。この後、福岡の息子の家に落ちつくことになりました。災害ニュースのテレビに見入っています。メモ代わりに五句を記します。

地震ふる

地震避けて子の家に行く若葉冷
突き上ぐる地鳴りに春の夢消えぬ
青葉冷地震に追はれて走る道
地に地震空に霾る四月かな
地震避けて身を寄する家あたたかし

平成二十八年五月

著者略歴

中路哲郎（なかじ・てつろう）

大正12年７月28日生れ
平成８年「阿蘇」入会
現　　在「阿蘇」同人
　　　　日本伝統俳句協会会員

現 住 所　〒862-0924
　　　　熊本市中央区帯山３-35-16
電　　話　096-221-4802

句集

花海棠《はなかいどう》

発　行　平成二十八年七月九日
著　者　中路哲郎
発行者　大山基利
発行所　株式会社　文學の森
〒一六九-〇〇七五
東京都新宿区高田馬場二-一-二　田島ビル八階
tel 03-5292-9188　fax 03-5292-9199
e-mail mori@bungak.com
ホームページ http://www.bungak.com
印刷・製本　竹田　登

ISBN978-4-86438-541-1　C0092